Veil — 1

Die Körpertemperatur von Orange

Kotteri

Die tiefen Wolken waren grau.
Die Stadt erschien sanft wie ein gerahmtes Gemälde
und eine allumfassende Kühle durchdrang sie.
Ein Augenpaar, das die Welt nicht kannte, wandte sich dem
orangen jungen Mann zu und färbte diesen mit Tönen.

PROLOG

Veil – 1
Die Körpertemperatur von Orange

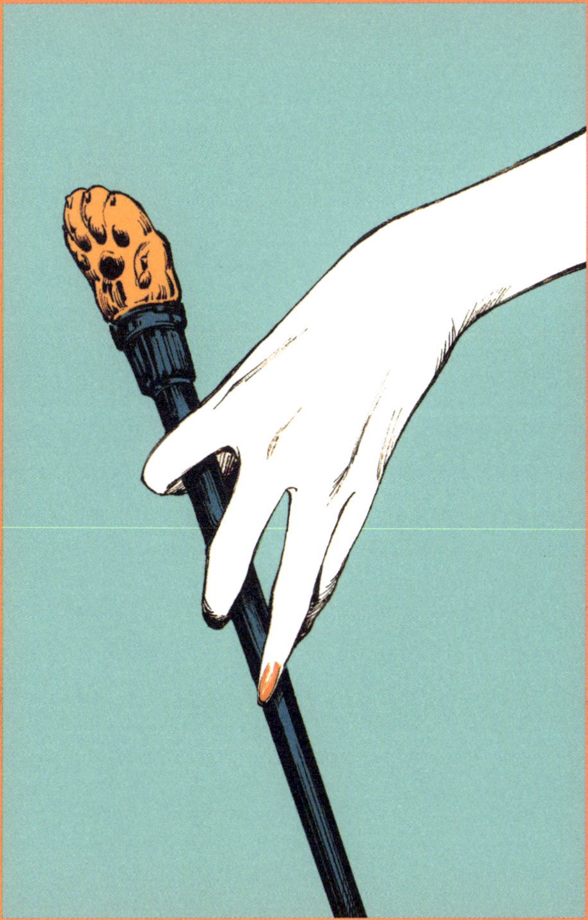

✶ Prolog ✶

Prologue

KLAPPER
KLAPPER
KLAPPER
Warum stand der Kanaldeckel offen...?
Ach...
Verzeihung!
Autsch!

Ich bitte Sie um Verzeihung!
Alles in Ordnung? Ich habe Sie doch nicht verletzt?
...

Deshalb mag ich den Stab nicht...
...
Sie sind groß, nicht wahr?
Und zwar sehr.
Das erleichtert mich...
Gerade eben ertönte Ihre Stimme von unten...
... aber jetzt kommt sie von oben.
Bei Ihnen auch alles in Ordnung?
!
Nichts passiert.

Hier!
Doch, hast du!
Ich habe heute nichts dabei!
PATSCH
Uah!
He, du Polizist, Hände hoch!
Da ist er!
TAP
TAP
TAP...
...
Gebt auf der Straße acht!
TAP
Dan-keee !!
TAP
TAP
... Scheint so.
Sind Sie vielleicht Polizist?
Ihnen wurde nichts gestohlen?
Bonbondiebe, wie immer.
Zu schnell, um sie festzunehmen.

Sie sind also wirklich Polizist.
Ach so...
Donnerwetter ...
Danke.
Das ist meiner.
RASCHEL
Die Kappe ist wie mein »Ausweis«.
SST
Jemanden mit geschlossenen Augen sehe ich zum ersten Mal.
Sie sind einen sehr weiten Weg gekommen...
Dieses Zeichen ...
... markiert die Anschrift Ihrer Villa...
... Meine Güte.

Ich wollte Sie nicht kränken...
Ach...
Geben Sie mir bitte meinen Ausweis zurück?
Ich habe ja noch nie...
... einen anderen Menschen gesehen.
Machen Sie sich keine Gedanken.
Da ist eine Treppe.
Passen Sie auf!
KLAPPER
KLAPPER
KLAPPER
Ich genieße es, allein zu sein!
Machen Sie sich keine Sorgen.
Haben Sie keinen Begleiter?
KLACK
KLACK
KLACK
Sind Sie allein?
Alles in Ordnung.
KLAPPER
KLAPPER
KLAPPER

Außerdem, auch wenn Sie mir folgen…
… gelangen Sie nicht ins Wunderland.
Hm?
Dann bin ich also Alice?
KLACK
Ent-schul-digung, ich mag die Ge-schichte einfach.
Hihi!
Scheint so.
Hihihi!

Sie lacht...
Deshalb saßen Sie da und ruhten sich aus...
Ach...
Tut mir leid...
Ein Kanalschacht stand offen...
... und ich habe nicht aufgepasst.
KLACK
Ich bin vorhin tatsächlich...
... beinah in ein Loch gefallen.
KLACK
Ich bin neugierig, wohin das Kaninchen geht.
KLACK
!
Dann hat ein Kaninchen mich angestoßen.

Wissen Sie...
... wo man guten Tee trinken kann?
Also... ich möchte gerne Tee trinken.
...
Wir haben diverse Teesorten für jeden Geschmack anzubieten.
Angefangen bei unserem Chef sind viele meiner Kollegen große Teeliebhaber.
Wir könnten ein Teehaus eröffnen.
Ja, auf unserem Polizeirevier.
Oh!

MUFFEL
Ich bin nicht verloren gegangen.
Ich suche ...
... eine Arbeitsstelle.
Wirklich.
Und auch ein Zimmer für verloren gegangene Kinder.
Oh...
Unglaublich!
Wirklich!
Ach, Verzeihung...
Ich meine ...
... ein unglaublicher Zufall.
Telefonistin...
Die Stelle als Telefonistin in unserer Abteilung...
... ist seit zwei Tagen frei.

Sie können es ja mal versuchen.
Hhm ...
Glauben Sie, ich kann das...?
Hoffentlich finden Sie es nicht langweilig.
So langweilig wie bei mir zu Hause kann es nicht sein.
Das sicher nicht.

Hm?
Selbstverständlich...
Reichen Sie mir bitte Ihren Arm?
Dann ...
... gehen wir...
... erst mal aufs Revier.
Äh?!
Aber natürlich ...
Geben Sie acht, dass wir nicht in ein Loch fallen.

INHALT

Veil – 1

Die Körpertemperatur von Orange

Prolog 7

Szene 1 Normalität 27

Szene 2 Der Bauch 31

Szene 3 Die Augen sind so beredt wie die Zunge 35

Szene 4 Der Sinn 45

Szene 5 Der Ersatz 50

Szene 6 Das Bügeleisen 55

Szene 7 Der Reiz des frühen Morgens 65

Szene 8 Die Nase, der Mund und die Augen 75

Szene 9 Die Suppe aus Tönen ist ungenießbar 84

Szene 10 Die Farbe der Hitze 90

Szene 11 Die Freiheit 99

Szene 12 Die Geschichte einer Uhr 103

Szene 13 Die Magie des siebten Tages 113

Szene 14 Wie eine Flamme 118

2014
0919

SZENE

1

Veil – 1

Die Körpertemperatur von Orange

✶ Normalität ✶

Usual

KLOPF KLOPF
Herein.
Hm... Da bist du.
Hallo.
KLAPP
Was machst du?
Ich warte auf einen Anruf.
Und du?
Ich bin müde.
Gut.
Würdest du mich wohl in zwei Stunden wecken?
Ist gut.
Schlaf im Zimmer nebenan, da gibt es ein Bett.
Nicht nötig.

... schlafe ich zu tief.
Im Bett...
Da ich schon zwei Stunden auf den Anruf warte...
Aber hier weckt mich bestimmt das Klingeln des Telefons.
Schlaf gut.
Deine Arbeit ist anstrengend.
... muss ich sicher weitere zwei Stunden darauf warten.
BZT

SZENE 2

Veil – 1

Die Körpertemperatur von Orange

✶ Der Bauch ✶

Tremmy

KNURR
...

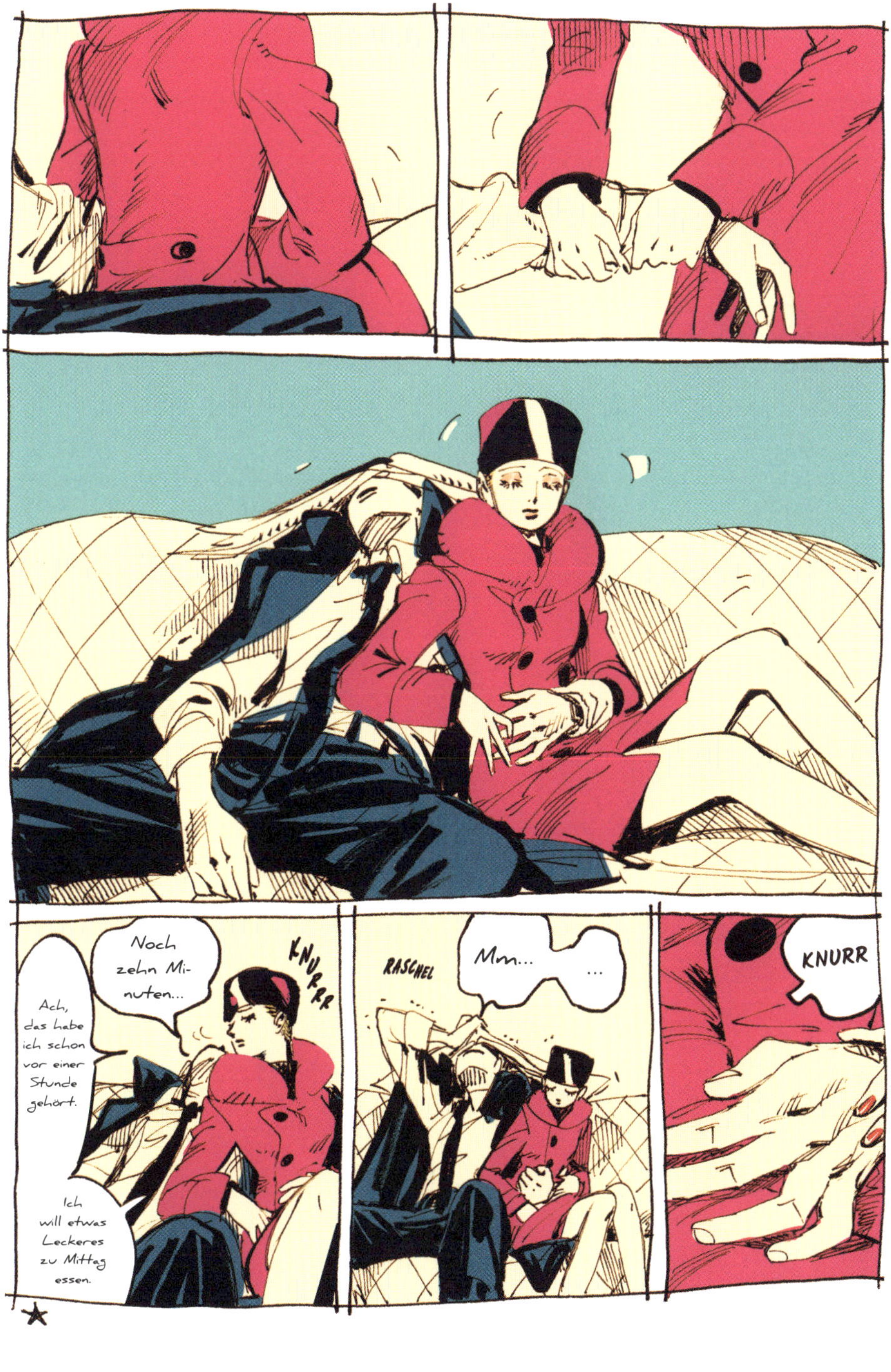

Noch zehn Minuten...
KNURR
Ach, das habe ich schon vor einer Stunde gehört.
Ich will etwas Leckeres zu Mittag essen.
RASCHEL
Mm...
...
KNURR

SZENE

3

Veil – 1
Die Körpertemperatur von Orange

✶ Die Augen sind so beredt wie die Zunge ✶

The eyes are the window to the soul

Her monologue.

Ihr Monolog

Die Stimme ertönte zu meinen Füßen. Aber schon im nächsten Moment kam sie vom Himmel. Sie hörte sich sanft an, weich wie eine Wolldecke und voller Vertrauen. Er ist Raucher. Sein Arm, den er mir gereicht hat, roch nach Zigaretten.

Vielleicht konnte er an meinem Gesicht ablesen, dass ich mein Zuhause verlassen habe? Dass ich nachdachte, was ich nun machen sollte?

Nein, das habe ich nicht getan.

Da ich mein ganzes Leben im Wagen gesessen habe, wollte ich gehen. Ja, zu Fuß.

Sobald ich mich ein wenig erholt habe, rufe ich meine Familie an. Ich höre schon die erstaunten Stimmen meiner älteren und jüngeren Schwestern: »Mal sehen, ob du außerhalb des Hauses zurechtkommst.«

Aber ich bin jetzt erwachsen. Ich suche Abenteuer. Ich möchte nicht alles unser Hausmädchen machen lassen. Ich will viel mehr erleben, als mit dem Stab in unserem Garten herumzuspazieren. Ich will nicht immer wieder hören müssen, was ich nicht tun darf, wohin ich nicht gehen darf. Ich möchte auch etwas Schönes erleben. Zuerst möchte ich diese Stadt kennenlernen. Ich habe noch so viel vor.

Ach… bin ich gerade ausgeschimpft worden? »Ich bin eine Ausnahme, aber sonst solltest du mit keinem fremden Menschen mitgehen«, sagte er. Meint er damit, dass ich niemanden nach seiner Stimme beurteilen darf? Dann muss er sich keine Sorgen machen.

Ich kann so gut hören wie niemand sonst.

Man erkennt nicht, ob du schläfst oder wach bist.
Ach ja?
Das macht mich so beson-ders.
Ja.
So ver-sucht nie-mand, dich im Schlaf zu über-fallen.
Findest du?
Gut.

Tu es bitte bloß nicht.
Natürlich tue ich es nicht und lasse es niemanden tun.
Manchmal weiß ich nicht, ob du es ernst meinst oder einen Scherz machst.
Das macht mich besonders.

Kein Mensch hat hinten Augen.
Aller-dings.
2017
1002

20171002

20150524

SZENE 4

Veil – 1

Die Körpertemperatur von Orange

✶ Der Sinn ✶

Feeling

Dir stehen beide.
Welchen soll ich nehmen?
Welcher fühlt sich bes-ser an?
Gern geschehen!
Danke für das Kompli-ment!
Okay.
Komm gerade-aus hier-her.
Dann...
... leg mir den bitte um.

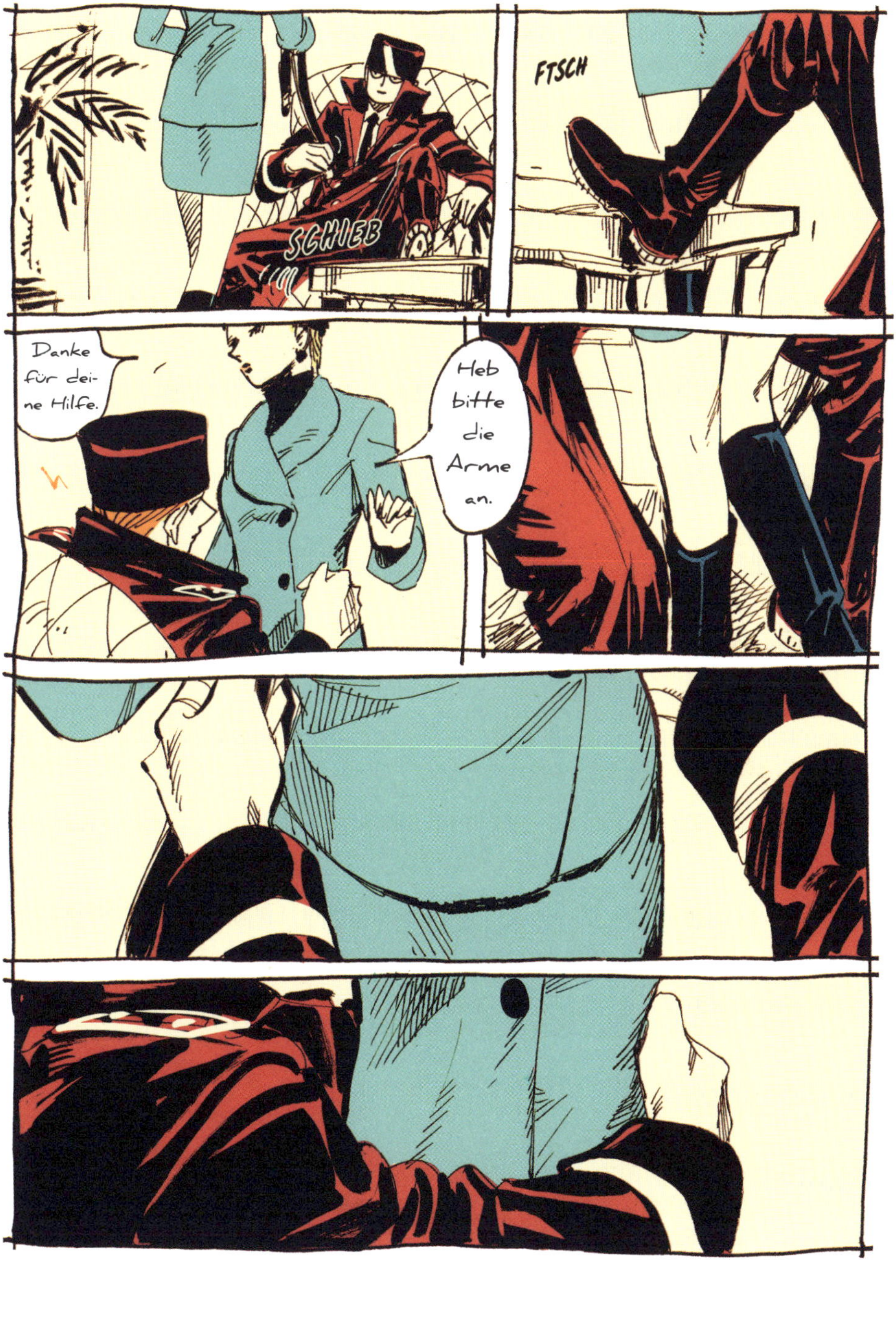
SCHIEB
FTSCH
Danke für deine Hilfe.
Heb bitte die Arme an.

Ja...
Locke-re ihn bitte.
Zu eng?
Urgh!

…
Zieh ihn bitte fester.
Lo-ckerer bitte.
Ähm…
Tut mir leid, aber es ist schwer, die genaue Position zu finden.
Lockern wir ihn etwas.
Dreh dich bit-te um.
Wie fin-dest du's?
Gut.
Du sagst immer nur »gut«.
Du siehst sehr schön aus.
ERRÖT
Oh…!
Auch das Rouge ist perfekt…
… junge Dame.
KNARZ
Bitte keine Scherze!

SZENE 5

Veil – 1

Die Körpertemperatur von Orange

✳ Der Ersatz ✳

Substitute

Hm?
Du willst gerade rauchen, nicht wahr?
Woher weißt du das?!
Ich habe nicht mal das Feuerzeug angemacht.
Vorsichtig!
Nein.
Ich werde sie für dich aufbewahren.
Das Feuerzeug auch.
Nur eine Zigarette...
Sie riecht schon sehr intensiv.
Das verdanke ich dir.
Ich kenne den Geruch ja.

Nur eine.
Nein.
Eine habe ich eben geraucht.
Gut. Bewahre sie bitte auf.
POFF

Chesterfield

SZENE 6

Veil – 1

Die Körpertemperatur von Orange

✶ Das Bügeleisen ✶

Clothes iron

Bin gerade gekommen. Ich habe geklopft.
Hm?
Guten Morgen ...
KLAPP
Bist du da?
...
Soll ich den Kopf abwenden?
Ja, ich bin gerade fertig.
HSS
Es riecht nach Seife.
Hast du geduscht?
Bitte zieh schnell die Uniform an...
... und mach dich präsentabel.
...
Ach...
Setz dich bitte.
Hah!
Besser wäre, du würdest Scham empfinden.

Du hast gestern gesagt, du trinkst Tee nachmittags...
Das war gestern.
Ich gehe in fünf Minuten Tee trinken.
Nein, danke.
Wie bitte?
Ähm... Möchtest du etwas trinken?
Das wäre schlimm...
Soll ich dich anziehen?
Vielleicht erkälte ich mich in den fünf Minuten.
Noch nicht...
Bist du angezogen?
Du bist nicht nett.
Ärgere dich bitte nicht!!
Lass uns lieber ins Teehaus gehen.
Danke dafür.
Nein, aber gebügelt hast du schon.
FTSCH
ZERR

20171010

TELEPHONE

Veil

Body temperature of Orange

SZENE 7

Veil – 1

Die Körpertemperatur von Orange

Der Reiz des frühen Morgens

Early morning stimulus

So früh am Morgen und schon im Dienst...
GLITZER
GLITZER
Aah!
...
Guten Morgen!
Schau bitte in eurem Laden nach.
Nein.
Hast du eine Orange?
Gehst du jetzt nach Hause?
Guten Morgen.
GÄÄHN
Wir haben keine.

Guten Morgen.
SWIPP
SWIPP
SWIPP
SCHMATZ

Hm?
POFF
Äh?
GLITZER
GLITZER
Einen schönen Tag!
Ich dachte, Sie erwarten einen Kuss!
PLINGLING
Äh?!
Ach, tut mir leid!
Ich habe dir gesagt, du sollst sie nicht in die Dienstwohnung mitnehmen.
Hey.
Was ist los?
Der Tee läuft über.
Zu dünn...

Guten Morgen.
Hey, guten Morgen!
Hm?
Den nehme ich, wenn du ihn nicht trinkst.
Ich bringe sie zum Laden.
Die Befragung gestern Nacht hat sich lange hingezogen.
Ketchup?
Hast du heute Morgen Omelett gegessen?
Du hast Ketchup an den Lippen.
KLACK
KLACK
KLACK.

WISCH WISCH WISCH
Ach...
Aah, der Lippenstift von der Frau vorhin...
GRAPS
Nng!
Danke.
Nng...
WISCH
Hat er so abgefärbt?
Offenbar.
WISCH WISCH WISCH
WISCH WISCH
Heute brauchst du auch keinen.
Ach ja, heute hatte ich keinen Lippenstift aufgetragen.

KLACK
Sehe ich aus, als wartete ich auf einen Kuss?
KLACK
Ich koche noch mal Tee.

20180103

»Du siehst wirklich zart und süß aus!«
»Und du hast schöne blonde Haare!«
»Wer hätte gedacht, dass ich nach der Reise so ein süßes Mädchen bei der Polizei sehen würde.«
»Apropos, ich reise gerne.«
»Möchtest du nicht in unserem Lokal arbeiten? Es ist nicht weit von Sascha (dem Polizeirevier)*.«
»Es ist ein Nachtlokal namens Faina.«
»Das Lokal finden alle amüsant, außer ihm.«
»Er schaut nur dienstlich vorbei.«
»Ich hoffe, du kommst klar mit meinem kleinen Bruder, auch wenn er so streng ist.«
Kleiner Bruder?

SZENE 8

Veil – 1

Die Körpertemperatur von Orange

✶ Die Nase, der Mund und die Augen ✶

Nose, mouth and eyes

His monologue.

Sein Monolog

Das mit dem Job als Telefonistin habe ich eigentlich nicht ernst gemeint. (Auch wenn es wahr ist, dass die Stelle frei war.)

Sie erschien mir so orientierungslos, also wollte ich sie von ihrer Familie abholen lassen, aber da hat sie sich hartnäckig geweigert. Ich wusste nicht, was ich machen sollte. Sie beharrte darauf, dass sie die »Schuld« dafür übernehmen wollte, mich versehentlich mit ihrem »Stab« (mit dem »Stab« meinte sie ihren Langstock) gestoßen zu haben. Daraufhin fand ich, auch ich sei »schuld« daran, ihr im Wege gestanden zu haben.

Eine Ausreißerin aus guter Familie zu beschützen und in Obhut zu nehmen. So hat es angefangen. Ja, anfangs.

Ach ja… Einmal hat sie ihre Familie angerufen und das Gespräch nach etwa einer Minute beendet. Gleich danach klingelte das Telefon und sie nahm den Hörer ab. Das war ihre erste Arbeit.

Das Anliegen lautete: »Suchen Sie bitte meine entlaufene Katze!«

Sie ärgerte sich, dass sie die Katze nicht selber suchen konnte.

Wir haben es bisher nicht geschafft, die Katze zurück zu ihrem Besitzer zu bringen. Aber hin und wieder sehe ich, wie die gesuchte Katze fröhlich in der Stadt umherstreunt. Sie scheint ihre Freiheit voll und ganz zu genießen und weigert sich sie aufzugeben.

Das gilt auch für sie, seit sie keinen »Stab« mehr trägt. Auch ihre Haare sind inzwischen viel länger. Seit sie meine große Schwester, Beth, kennengelernt hat, ist auch ihr Kleidungsstil abwechslungsreicher geworden.

Ich kann sie weiterhin nicht aus den Augen lassen. Ich mache mir Sorgen. Sorgen, ob sie wieder in jemanden rennt, der auf der Straße sitzt oder sie an einer Treppe stürzt. Auch die Stöckelschuhe, die sie immer öfter trägt, machen mir Sorgen.

Ich kann sie einfach nicht aus den Augen lassen.

Es gibt viele Tische.
Wollen wir nicht lieber an die Theke?
Gibt es keine Theke?
Ich sage es ganz ehrlich...
Wenn du mir gegen-über-sitzt...
... starrst du mich die ganze Zeit an.
Ich starre dich auch an, wenn ich neben dir sitze.
Das ist aber unvor-sichtig, Herr Polizist.
Das weiß ich.
Quasi durch-bohren.
Wenn ich dich sehen könnte...
... würde ich dich hundert-mal mehr anstarren.

* englischer Hefepfannkuchen

2019
0923

Veil

Body temperature of Orange

SZENE 9

Veil – 1
Die Körpertemperatur von Orange

Die Suppe aus Tönen ist ungenießbar

Can't stand the soup of sound

Sag mal...
Wie viele Leute sind hier?
Was?
Wie viele ...
... Leute sind jetzt hier?
Wenn ich die zähle, dauert das bis morgen früh.

Ach...
Mein Boss hat offen-bar viele Freunde.
Es ist laut.
Sehr laut.
Ent-schuldige mich kurz.

Da bin ich wieder!

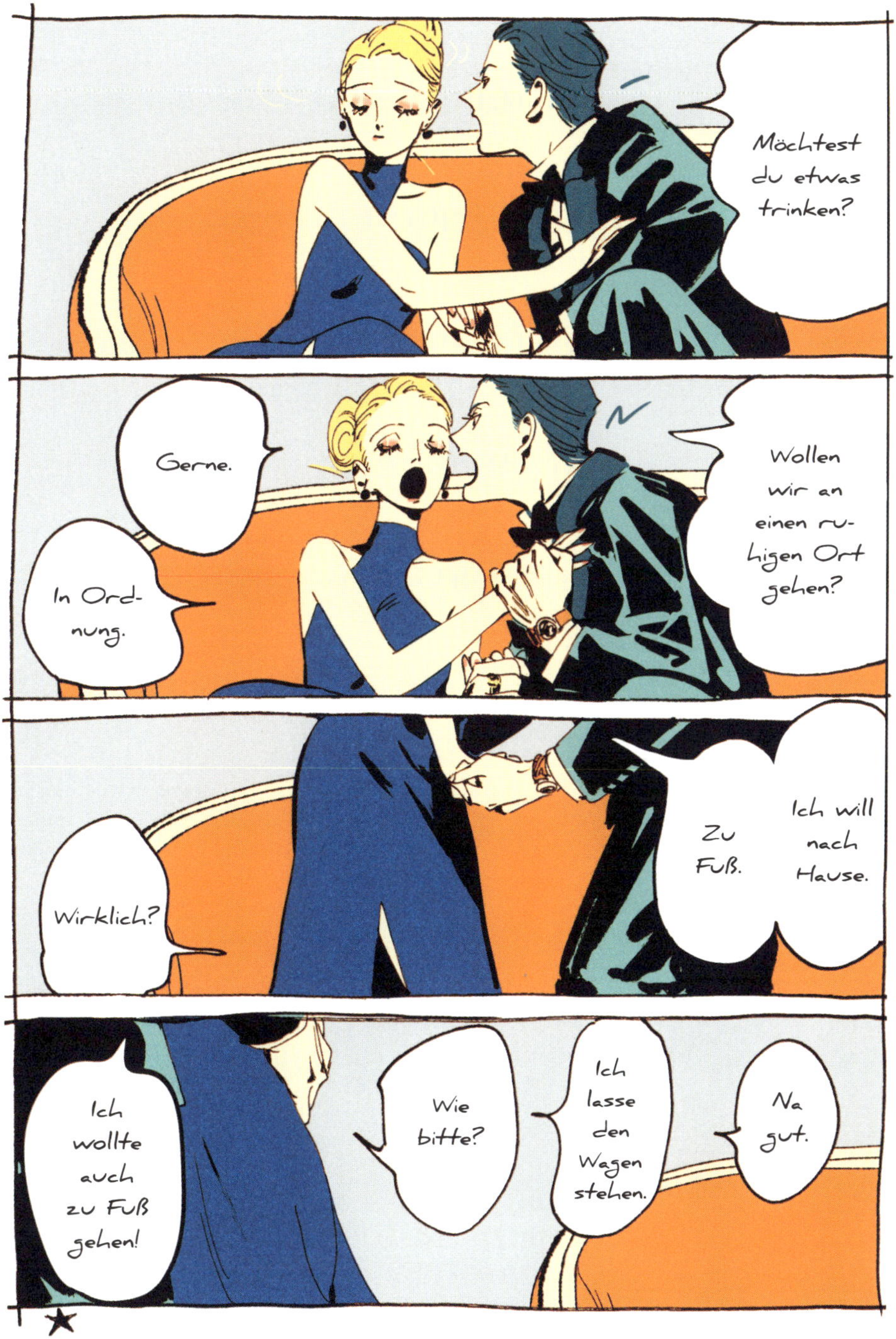
Möchtest du etwas trinken?
Wollen wir an einen ruhigen Ort gehen?
Gerne.
In Ordnung.
Ich will nach Hause.
Zu Fuß.
Wirklich?
Na gut.
Ich lasse den Wagen stehen.
Wie bitte?
Ich wollte auch zu Fuß gehen!

SZENE 10

Veil – 1
Die Körpertemperatur von Orange

Die Farbe der Hitze

Color of temperature

20171127

Alkohol brennt sowohl in der Kehle als auch im Hirn.
Du interes-sierst dich immer mehr für das Teu-felszeug...
Was für eine Farbe hat das Getränk?
Aber bitte setz nicht die Kappe ab...
Die ist Pflicht.
Mir ist heiß!
Ja, mir ist tat-sächlich heiß.
Genau wie meine Haare.
Sag schon, was für eine Farbe?
Der Alko-hol ist schuld, nicht ich.

Sie ähnelt halb geschmolzenen Eiswürfeln in Brandy.
Nein...
Wie meine Augen.
Also eine schöne Farbe, ja?
Halb geschmol-zen...
Ach, du hast ziemlich viel getrunken.
GLUCK
Eiswür-fel...
Danke für das Kompli-ment.
Deine Augen sehen die Dinge...
... auf ro-mantische Weise.

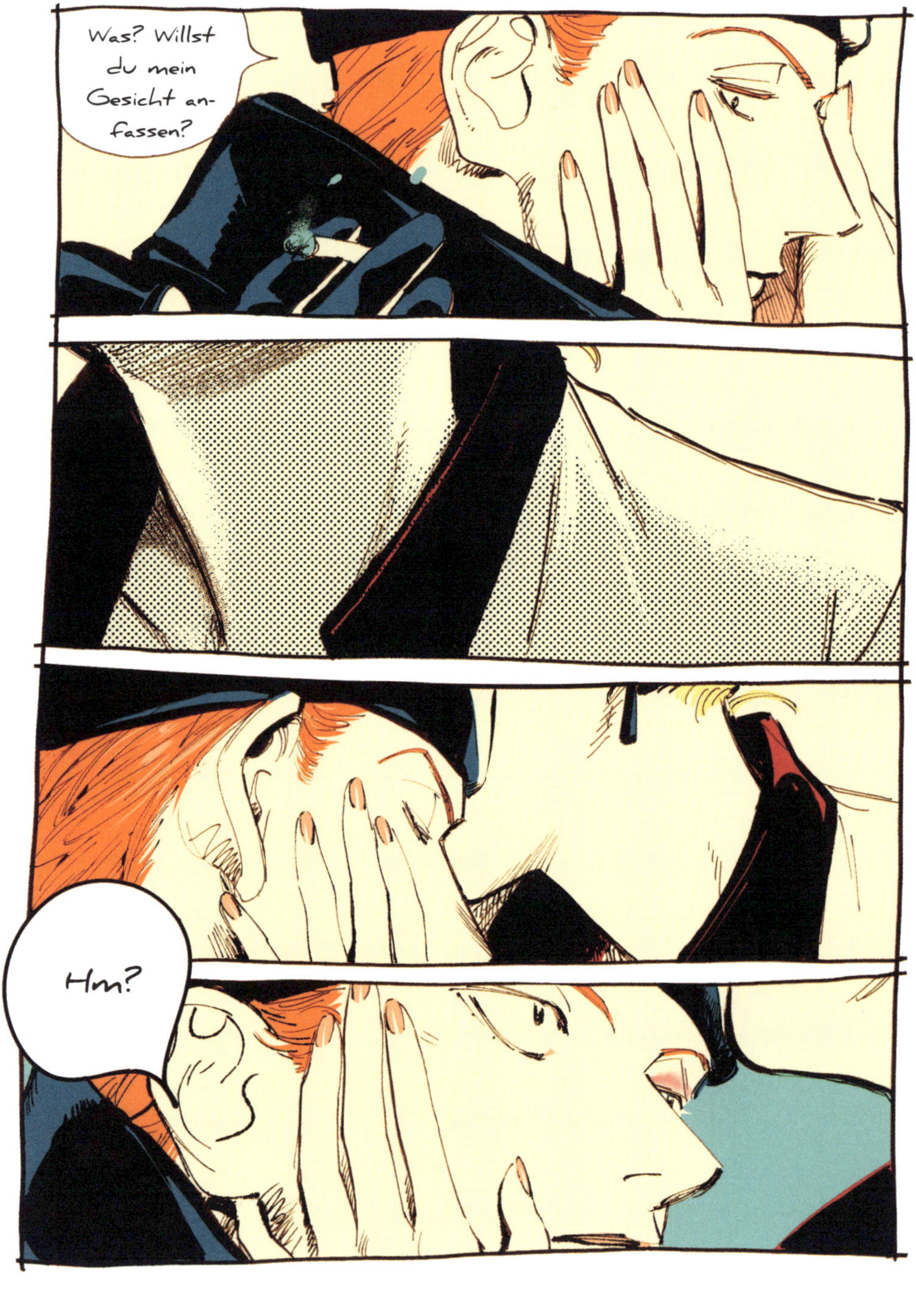
Was? Willst du mein Gesicht anfassen?
Hm?

Ich reserviere das, was ich so gerne hätte.
...
Eins könntest du mir schenken, oder?
Man hat doch zwei Augen, nicht wahr?
Eine Augenreservierung erlebe ich zum ersten Mal.
Hhhm... Du bist teuflisch betrunken.

Chesterfield

Their monologue.

Ein Dialog zwischen Teekanne
und Teetasse auf Tisch Nr. 5 im
Café Beluga, während sie warten,
abgeräumt zu werden.

»Ach, die beiden… Sie sind wieder da.«

»Hat er sie schon wieder festgenommen?«

»Wahrscheinlich sind sie Kollegen. Neulich trugen sie die gleiche Uniform.«

»Vielleicht sind sie Geschwister. Große Schwester und kleiner Bruder, oder kleine Schwester und großer Bruder.«

»Wie auch immer, sie verstehen sich scheinbar sehr gut.«

»Ich will ja seine Kappe fragen, aber die scheint zugeknöpft zu sein. Da haben wir eine harte Nuss zu knacken.«

»Moment! Sag nie wieder so ein böses Wort wie ›knacken‹!«

»Schau! Die beiden sitzen an Tisch Nr. 8. Dort lassen viele Gäste was fallen – Gabeln, Teller und auch Tassen mit Tee!«

»Sei still! Sonst bist du die nächste, die zerbricht.«

»Der Mann gibt gut acht. Ihre Hände flattern wie kleine Wesen herum, aber er sorgt dafür, dass sie ihre Tasse festhält. Immer. Auch jetzt gerade.«

»Er ist sehr fürsorglich.«

»Sie wirbelt die Tasse ganz schön herum. Interessiert sie das Muster? Wie fühlt man sich wohl, wenn man so angefasst wird…?«

»Ich mache mir immer Sorgen, weil menschliche Hände so ungeschickt sind. Apropos, wann kommt endlich der Kellner? Der Gast vorhin hat eine Riesenportion Zucker in mich hineingeschüttet. Alles klebt an mir und fühlt sich übel an.«

SZENE 11

Veil – 1
Die Körpertemperatur von Orange

✶ Die Freiheit ✶

Freedom

Er muss da sein.
Der orange-farbene Um-schlag...
... Du suchst schon seit zwanzig Minuten?
Hast du den gelben Kasten um-gekippt?
Im gan-zen Regal nicht?
Ist er nicht im rechten Regal?
Ich bitte dich...
Tja... Und ich stehe hier seit einer halben Stunde.

Oh...
Du hast ihn?
Ist er nicht im blauen Hefter?
KLAPP
KNIRSCH
Ich bin ziemlich weit weg.
Treffen wir uns in einer Stunde auf der roten Brücke?
Na dann.
Danke! Sei nicht böse.
Wollen wir...
VROOOOM
BRUMM
BROOM
... uns für fünfzig Minuten ins Café setzen?
BROOO
VROOO

Veil

Body temperature of Orange

SZENE

12

Veil – 1
Die Körpertemperatur von Orange

✶ Die Geschichte einer Uhr ✶

Tale of a watch

!
Ein Gemälde einer weichen Uhr.
Dieser Maler hat sie schmelzen lassen.
Ich dachte, eine Uhr sei immer hart und kalt.
Ich möchte sie berühren.
Die weiche Uhr.
Wie ein geschmolzener Käse.
Die Uhr hängt senkrecht vom Rand eines Schreibtisches herab.
Stimmt.
Eine unglaubliche Idee.

Hhm...
Ich möchte dich sie berühren lassen...
Aber...
Das ist einfach.
Du musst die Uhr nur wie Käse schmelzen.
Das ist eine unglaubliche Vorstellung.
Ich weiß nicht, ob weich oder nicht...
... aber eine lebende, mobile Uhr kann ich dir sofort anbieten.

Und sprechen kann sie auch.
Außerdem hat sie ein loses Mundwerk.
Ach...
Frühstück zubereiten kann diese Uhr auch.
Sag mal, wie spät ist es?

20180219

20180202

L'AVEUGLE
PAR AMOUR
L'AVEUGLE
PAR AMOUR
2018
0202

20180219

Veil

Body temperature of Orange

SZENE 13

Veil – 1

Die Körpertemperatur von Orange

Die Magie des siebten Tages

Magie on the 7th day

Ich dachte, ich hätte im Traum gehört, wie die Tür sich öffnet...!
RUCK
Uah! Tut mir leid!

Habe ich nicht bemerkt.
Wogegen bist du gestoßen?
Nein, das war gelogen.
Gelogen...
Ich bin gerade wieder gegen etwas gestoßen.
Schließt du nicht ab, wenn du schläfst?
Guten Morgen!
Hatten wir heute...
... etwas vor...?
Hm?
Darum ...
Nein.

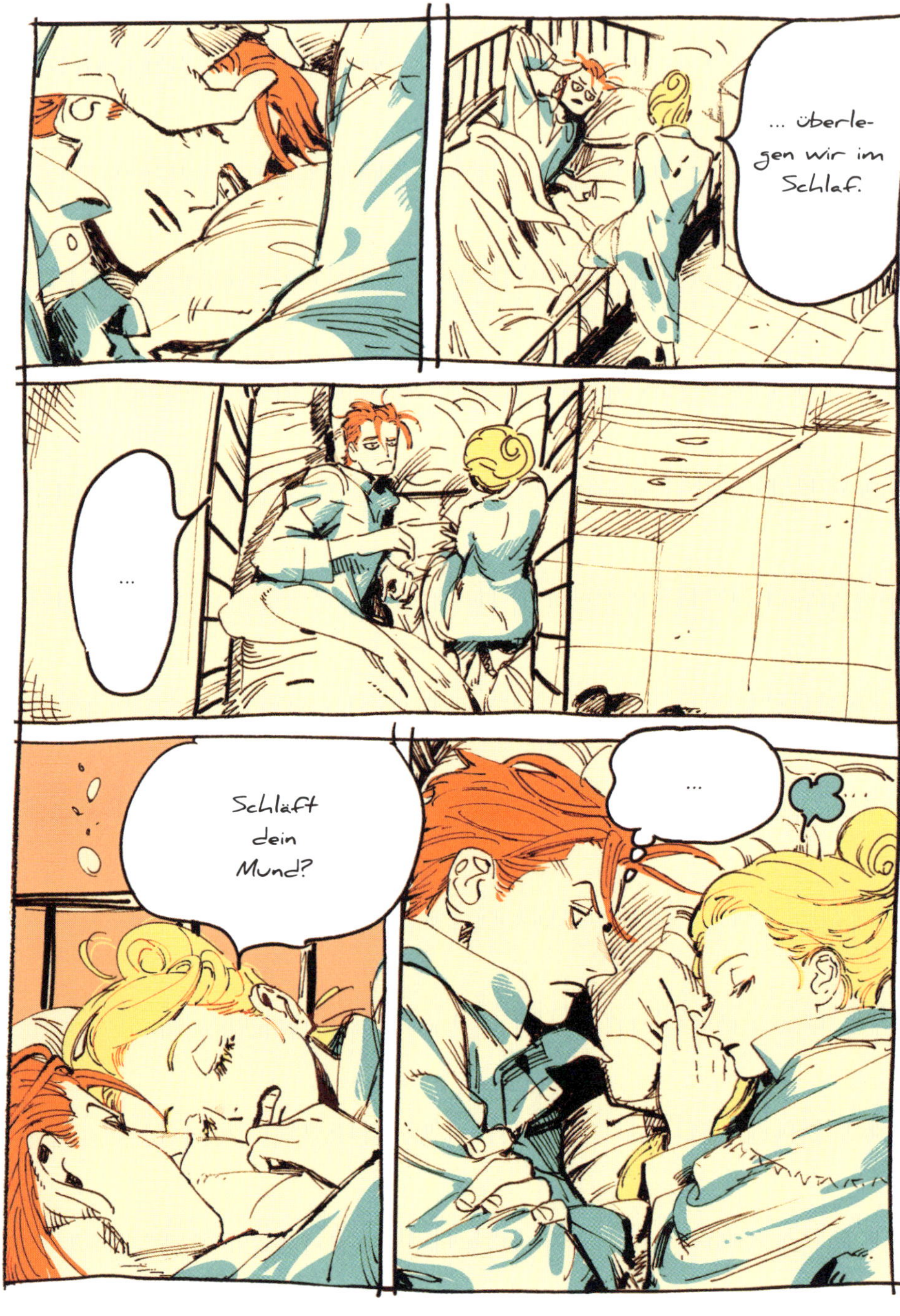

... überle-gen wir im Schlaf.
...
Schläft dein Mund?
...

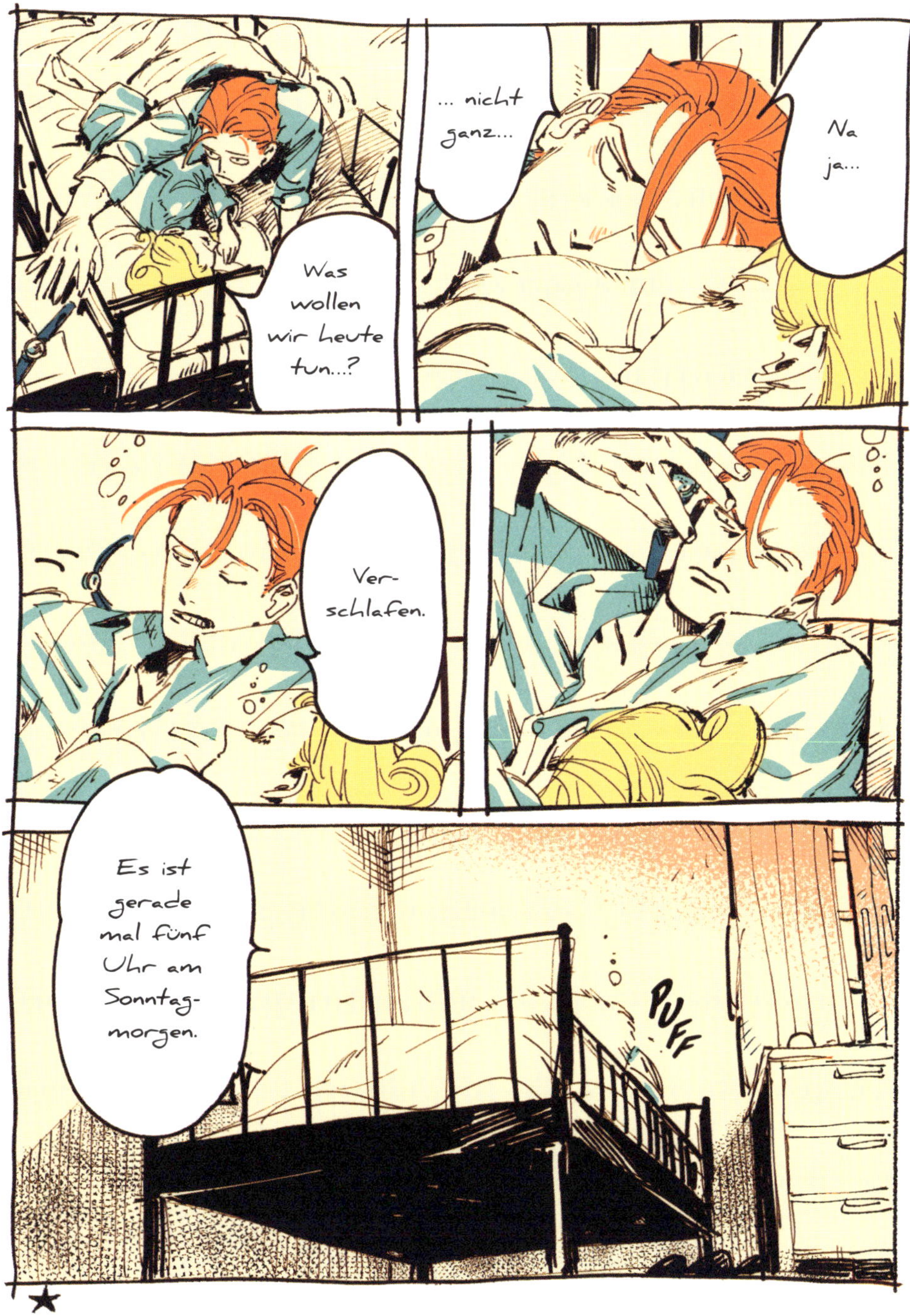
Was wollen wir heute tun...?
... nicht ganz...
Na ja...
Ver-schlafen.
Es ist gerade mal fünf Uhr am Sonntag-morgen.
PUFF

SZENE
Veil – 1
Die Körpertemperatur von Orange
14
Wie eine Flamme
It's like burning.....

Oh...
Modell...?
Jemand hat gefragt, ob du als Modell arbeiten möchtest.
Ach so...
Modell nennt man...
Er ist Fotograf.
Der Kerl, den wir neulich im Foyer getroffen haben.
Der hat gefragt.

... jemanden, der viele Kleider anzieht, oder?
Man schminkt sich auch, nicht wahr?
Nun ja.
Und du bist auf den Reklameschildern der Markengeschäfte zu sehen.
Im großen Schaufenster ...
... des Markengeschäfts auf dem Boulevard...
... wird ein großes Foto von dir ausgestellt.
Und viele Menschen schauen sich das an.
Oh...!
Du hast so viel Fantasie.
Ich hätte auch gerne ein wenig davon!
So sind eben Modelle.
Du kleidest dich gerne schick.
Und du wolltest vieles ausprobieren. Das passt...

Stimmt.
Aber...
... ich ziehe mich auch deinetwegen schick an.
Meinetwegen?
Im Kleiderschrank...
... sind so viele Kleider ...
... die du ausgesucht hast.
KNARZ
Selbst mit beiden Armen kann ich sie nicht alle halten.
Alle fühlen sich gut an.
So weich...
Das hier hat interessante Knöpfe und Taschen...
Und dieser Mantel ist wunderbar flauschig.
Es freut mich, dass sie dir gefallen.

Deine Stimme klingt heute aber kratzig...
PUFF
Ist das schön?
... werden mich als Modell sehen...
So viele Menschen, dass ich sie nicht mal an allen Fingern und Zehen abzählen kann...
Ich finde es gut.

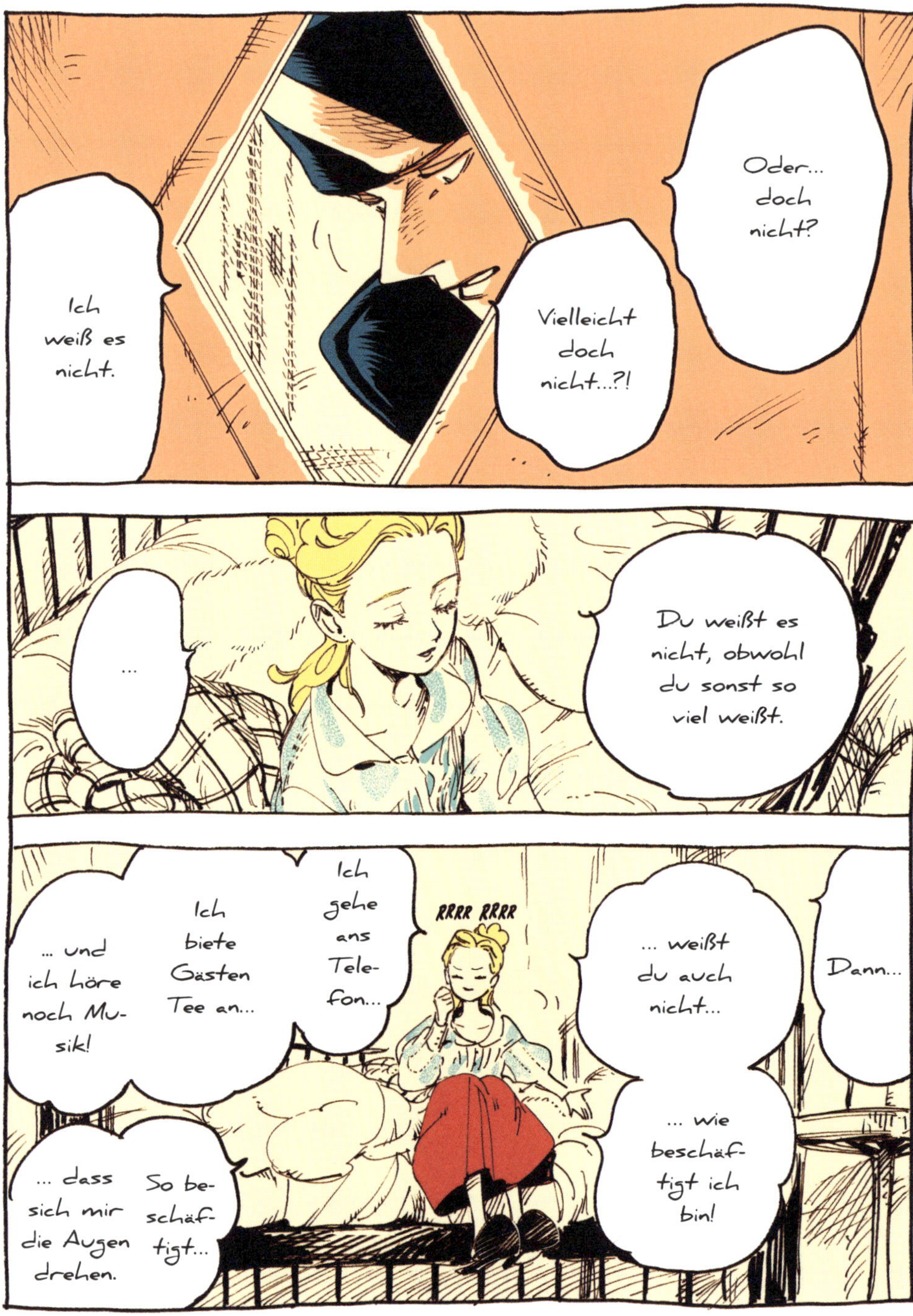
Oder... doch nicht?
Vielleicht doch nicht...?!
Ich weiß es nicht.
Du weißt es nicht, obwohl du sonst so viel weißt.
...
Dann...
... weißt du auch nicht...
... wie beschäftigt ich bin!
RRRR RRRR
Ich gehe ans Telefon...
Ich biete Gästen Tee an...
... und ich höre noch Musik!
So beschäftigt...
... dass sich mir die Augen drehen.

... Tat-
sächlich?
Ja.
Weil du...
wirklich
schön bist.
Ich
finde es
aber doch
schade.

...
Kann ich...
... dich etwas fragen?
Ja...
Warum kommst du nicht zu mir?
Lass mich dein Gesicht berühren.

Veil– | Die Körpertemperatur von Orange: Ende

»Sie«

Emma / 21 Jahre alt
Wohlbehütete Tochter einer reichen Familie.
Sie mag Berührungen, aber keine Ärzte.
Sie mag Wein und Spirituosen.
Sie trinkt gerne Kräutertee.
Sie hat drei ältere Schwestern,
zwei jüngere und einen Hund.

»Er«

Alexander / 23 Jahre alt
Arbeitet in der Sicherheitsabteilung der Polizeidienststelle Saschenka (Sascha).
Er liest gerne und ist eigentlich ein Langschläfer.
Er raucht Chesterfield.
Sein Lieblingsschwarztee ist Assam.
Er hat eine Halbschwester, die in einem Nachtlokal arbeitet.

Veil

ist eine japanische Serie, und in Japan wird von »hinten« nach »vorn« und von rechts nach links gelesen. Weil wir bei Carlsen Manga so originalgetreu wie möglich übernehmen, erscheint auch »VEIL« auf Deutsch in der ursprünglichen Leserichtung.
Man muss diesen Manga also »hinten« aufschlagen und Seite für Seite nach »vorn« weiterblättern. Auch die Bilder auf jeder Seite und die Sprechblasen innerhalb der Bilder werden von rechts oben nach links unten gelesen, so wie in der Grafik gezeigt.
Das ist gar nicht so schwer.
Viel Spaß mit »VEIL«!

CARLSEN MANGA
Deutsche Ausgabe/German Edition

Aus dem Japanischen von Miyuki Tsuji
Veil Volume 1

Originally published in Japan in 2019 by Jitsugyo no Nihon Sha, Ltd., Tokyo.
German translation rights arranged with Jitsugyo no Nihon Sha, Ltd., Tokyo, trough TOHAN CORPORATION, Tokyo.
Redaktion: Britta Hellwig
Produktionsmanagement: Derya Yildirim

ISBN 978-3-551-73008-4

Bei Fragen zum Produkt: carlsen.de/kontakt